Analyse de l'œuvre

Par Lucile Lhoste

Au soleil redouté

Michel Bussi

lePetitLittéraire.fr

Analyse de l'œuvre

Par Lucile Lhoste

Au soleil redouté

Michel Bussi

lePetitLittéraire.fr

Rendez-vous sur lepetitlitteraire.fr et découvrez :

Plus de 1200 analyses
Claires et synthétiques
Téléchargeables en 30 secondes
À imprimer chez soi

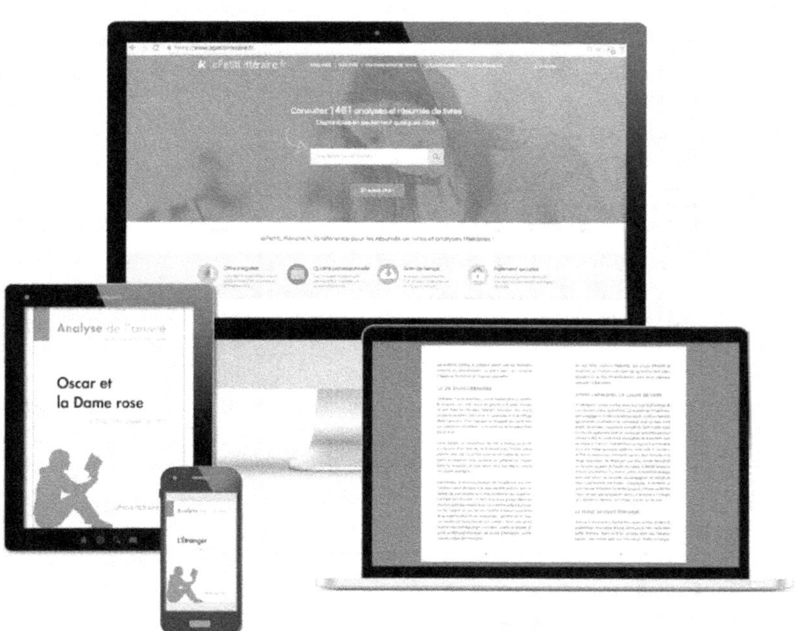

AU SOLEIL REDOUTÉ

ATELIER D'ÉCRITURE OU ITINÉRAIRE MEURTRIER

- **Genre :** roman
- **Édition de référence :** *Au soleil redouté*, Paris, Éditions de Noyelles, 2020, 432 p.
- **1re édition :** 2020
- **Thématiques :** écriture, tropiques, meurtres, traditions, romans

Cinq femmes, lectrices assidues de l'écrivain Pierre-Yves François, sont sélectionnées pour participer à un atelier d'écriture sur l'ile d'Hiva Oa, dans les Marquises. L'auteur leur donne à chaque étape du parcours des consignes d'écriture, mais alors qu'il vient de leur parler de la façon d'écrire une disparition, il se volatilise exactement de la manière qu'il décrivait. Tout le monde croit à une mise en scène pour pimenter l'atelier, mais bientôt, Pierre-Yves François disparait réellement et un premier meurtre est commis. Yann, mari d'une participante de l'atelier, et Maïma, belle-fille d'une autre, décident de s'allier pour enquêter et découvrir qui est responsable de ces sinistres évènements. De fausse piste en fausse piste, ils vont dévoiler les secrets de chaque invité et de leurs hôtes à la pension Au soleil redouté, qui héberge l'atelier, jusqu'à finir par découvrir la vérité derrière les meurtres.

Immédiatement classé dans les meilleures ventes à sa sortie, *Au soleil redouté* intègre les principaux ingrédients des précédents romans policiers de Michel Bussi : un ancrage exotique, un rebondissement final spectaculaire, une enquête soulevant de nombreux mystères... L'art est au cœur du récit, tant sur le plan littéraire que du point de vue purement artistique, bien plus qu'on ne l'imagine : outre la structure particulière des chapitres en multiples points de vue, il comporte des références à Paul Gauguin (peintre français, 1848-1903) et Jacques Brel (chanteur, acteur et réalisateur belge, 1929-1978), tous deux enterrés à Hiva Oa. Le titre du roman fait d'ailleurs référence à la dernière chanson de ce dernier, *Les Marquises*.

MICHEL BUSSI

ÉCRIVAIN ET GÉOGRAPHE FRANÇAIS

- **Né en 1965 à Louviers (France)**
- **Quelques-unes de ses œuvres :**
  - *Code Lupin* (2006), roman
  - *Nymphéas noirs* (2011), roman
  - *Les Contes du réveil matin* (2018), recueil de contes illustré

Michel Bussi est né le 29 avril 1965 dans le département de l'Eure, en Normandie, région dans laquelle il ancrera plusieurs de ses romans. Dès le collège, il se révèle féru de littérature populaire, entre Agatha Christie (femme de lettres britannique, 1890-1976) et Serge Brussolo (écrivain français, né en 1951). Il se spécialise en géographie électorale et devient professeur à l'Université de Rouen et directeur d'une UMR (unité de recherche) du CNRS jusqu'en 2016. Il commence à écrire dans les années 1990 et tente de faire publier un premier roman, *Omaha Crimes*, qui ne trouvera preneur qu'une dizaine d'années plus tard après le succès de son roman *Code Lupin*.

À partir de là, il enchaine les succès avec en moyenne un roman publié par an. Il participe également à l'écriture de nouvelles et de bandes dessinées, parfois adaptées de ses œuvres, et suit l'adaptation de trois de ses romans – *Maman a tort*, *Un avion sans elle* et *Le temps est assassin* – pour la télévision entre 2018 et 2019. Il est primé de multiples fois, *Nymphéas noirs* étant le roman policier le plus primé en 2011 avec 11 prix. Très attaché à sa Normandie natale, où il ancre ses premiers romans, il enchaine aussi les références à la chanson française dans ses titres. Depuis 2017, il parraine le prix VSD RTL, qui récompense des auteurs encore jamais publiés et aide à leur promotion, dans la catégorie meilleur thriller français. Après une dizaine de romans policiers, il s'est diversifié en écrivant également pour des albums illustrés et pour la jeunesse, avec la série N.E.O.

RÉSUMÉ

LA DUPLICITÉ DE CLEM

Pierre-Yves François, dit PYF, l'auteur de bestsellers le plus vendu en France, obtient de son éditrice d'organiser un atelier d'écriture sur l'ile d'Hiva Oa, dans les Marquises. Cinq femmes fans de l'auteur sont présentes : Clémence « Clem » Novelle, Martine Van Ghal, Farèyne Mörssen, Marie-Ambre Lantana et Eloïse Longo. Parmi elles, Clem rêve depuis toujours d'écrire et de publier ses propres histoires. Elle arrive dans l'idée d'écrire un roman pendant son séjour, mais aussi avec des brouillons, des essais qu'elle donne à PYF dans l'espoir qu'il aime ses productions. Entretemps, PYF explique comment il commencerait idéalement un roman policier : non pas par un meurtre, mais par une disparition. Une personne disparait sans laisser de traces, pas même un corps, tandis que l'on retrouve ses vêtements bien pliés avec un message mystérieux. Cet après-midi-là, PYF met ses propres conseils en application : il dispose ses vêtements pliés sur un rocher de la plage, bien en vue. Non loin, il dépose le testament de Martine – le matin, il avait demandé à chacune des participantes d'écrire sur le modèle « Avant de mourir, je voudrais... » – coincé sous un galet orné du symbole marquisien Enata dessiné à l'envers. Il va ensuite se cacher dans une cabane. Le soir, il donne rendez-vous en secret à Clem pour lui parler de ses écrits. La jeune femme croit en son talent, mais PYF lui avoue en fait que ce qu'elle écrit est médiocre.

Sous le choc et furieuse, Clem assène un violent coup à PYF et le tue.

Les choses auraient pu en rester là si Martine, en pleine errance nocturne, n'avait pas surpris la scène. Clem s'en rend compte et décide qu'elle doit l'éliminer. Elle s'invite donc dans le bungalow de Martine à la pension. La vieille dame ne se méfie pas. Clem tue ainsi Martine ni vu ni connu et pour faire croire à un lien avec la disparition de PYF, vole les autres testaments littéraires et met celui de Farèyne sur la scène de crime. Encore une fois, Clem pense qu'elle en a fini. Mais le lendemain soir, les pensionnaires surprennent sur l'épaule de Tanaé, leur hôtesse, un tatouage similaire à celui des galets. Farèyne, commandante de police, fait immédiatement le lien avec une affaire non classée et fait pression sur Tanaé pour en savoir plus. Elle acquiert la conviction que l'hôtesse était la petite amie du tueur à l'époque et emprunte un des poneys de la pension pour enquêter au cimetière non loin. Clem la voit partir et, quand tout le monde est rentré dans son bungalow, prend un autre poney pour la suivre. Arrivée au cimetière, elle la surprend téléphonant à son mari, Yann, pour lui dire qu'elle a retrouvé la trace du tueur. Clem pense, à tort, qu'il s'agit d'elle et que Farèyne a trouvé le corps de PYF qu'elle a déplacé là-bas. Elle tue la commandante et, ne pouvant déplacer deux cadavres en même temps, choisit d'emmener celui de Farèyne plus haut sur l'ile.

Clem ignore que les deux filles de Tanaé, qui étaient dehors pour veiller sur les poneys, l'ont vue en prendre un cette nuit-là. Par contre, les deux adolescentes le racontent à Yann le lendemain et Marie-Ambre l'apprend également. Clem use alors d'un stratagème pour attirer Marie-Ambre près du corps de Farèyne et la tue à son tour. Comme elle sait que le bruit va automatiquement attirer les survivants sur place, elle se dépêche de déposer le testament d'Eloïse et rentre à la pension. Son ultime projet est de tuer Eloïse, la défigurer pour la déguiser et la faire passer pour elle, puis quitter l'ile.

L'ENQUÊTE DE YANN ET MAÏMA

Les cinq lectrices ne sont pas les seules invitées de l'atelier. Comme l'invitation les y autorisait, Farèyne et Marie-Ambre sont chacune venues avec un proche : son mari Yann pour l'une, sa belle-fille Maïma pour l'autre. Après le meurtre de Martine, étant donné la présence du testament de Farèyne sur les lieux, Yann, qui est capitaine de gendarmerie, décide de prendre en charge l'enquête préliminaire. Il prétend appeler la police de Papeete – à quatre heures de vol –, mais ne le fait pas pour protéger sa femme qu'il soupçonne. Accompagné de Maïma comme adjointe, il commence à relever les empreintes et les indices dans la chambre. Profitant plus tard de l'absence des pensionnaires, Maïma s'introduit dans tous les bungalows pour y prendre des effets personnels afin de procéder à des comparaisons. Alors que Yann soupçonne Clem et Maïma la trop discrète Eloïse, c'est bien Clem que les empreintes désignent logiquement. Maïma se refuse à y croire, car elle a déjà beaucoup d'affection pour l'aspirante auteure, et il n'existe de toute manière pas de preuve directe de sa culpabilité. Les évènements de la nuit de la mort de Farèyne les avancent à peine plus, car, si les filles de Tanaé affirment avoir vu Clem partir, cette dernière est pourtant bien dans son bungalow quand l'hôtesse vient réveiller tout le monde après la découverte du corps de PYF.

Après la découverte des corps de Farèyne et Marie-Ambre, Yann prend deux décisions importantes : prétendre à tous qu'il a enfin appelé la police – alors qu'il l'a fait bien avant, quand les filles de Tanaé lui ont livré leur témoignage – et ordonner aux survivantes de rester enfermées dans une salle de la pension. Mais Tanaé, craignant pour la sécurité de Maïma, l'attire dans la cuisine et l'enlève avec ses filles pour l'emmener au plus loin du danger. Eloïse et Clem se retrouvent donc seules. Clem en profite pour empoisonner Eloïse en lui faisant ingérer un poison mélangé à son repas, puis se rend avec un fusil de chasse dans le bungalow où est Yann. Elle le tient en joue, tout en lui expliquant le déroulé de ses actions, mais est surprise par l'arrivée de la police qu'elle n'attendait pas aussi tôt. Elle se suicide avec son arme. Maïma, qui a entretemps fui la surveillance de Tanaé, découvre dans son faré tous les manuscrits des lectrices et comprend que la « bouteille à l'océan » qui constitue le récit est le fruit de cinq auteures différentes. Lorsque la police arrive, elle les presse d'aller au chevet d'Eloïse qui, elle l'a constaté, est toujours vivante. Eloïse s'en sort donc et avoue à Yann avoir des sentiments pour lui tandis que l'éditrice de PYF, Servane Astine, ne perd pas le nord et décide d'éditer les bouteilles à l'océan telles que montrées par Michel Bussi, avec les témoignages de Yann et Maïma.

L'ÉNIGME MÉTANI KOUAKI

Si l'atelier passe pour avoir été organisé en choisissant les lectrices au hasard parmi 32 000 postulantes, il en est en réalité tout autrement. Servane Astine a tenu en effet à jouer sur la publicité, en sélectionnant Martine, car elle est une blogueuse reconnue en Belgique. Marie-Ambre, elle, est officieusement celle qui finance l'atelier, pour lequel l'éditrice a avancé les fonds. Comme Yann le sait dès le début, Farèyne s'est fait sélectionner uniquement pour retrouver la trace de son tueur en série, Métani Kouaki. Pour cela, elle a fait pression sur PYF qui a tenté de plagier le manuscrit où elle retraçait l'affaire. Seules Eloïse et Clem ont vraiment été choisies, dont une seule par PYF. L'enquête de Yann et Maïma les amènera à dévoiler de nombreux secrets, la plupart étant liés au passé des lectrices.

Celui de Farèyne est l'un des grands mystères du roman puisqu'il s'agit de savoir ce qu'il est advenu de Métani Kouaki, tueur en série ayant sévi en région parisienne alors que la commandante débutait dans la police. L'homme a en effet tué deux jeunes femmes et tenté d'en agresser une troisième, crime pour lequel il a été arrêté. Mais rien ne le reliait concrètement aux deux meurtres, aussi Kouaki n'a-t-il fait que quelques années de prison avant de rentrer à Hiva Oa. Il commence alors à harceler son ancienne petite amie, Tanaé, qui l'a fui dès Paris en pressentant ses tendances. Cependant, Tanaé, depuis mariée, puis veuve et mère de deux filles, craint pour la sécurité de sa progéniture vis-à-vis de Kouaki. Elle l'invite donc un jour à passer chez elle et l'abat, puis enterre son corps au-delà du cimetière. C'est ce qu'elle explique à Maïma en fin de roman, pour lui faire comprendre qu'elle n'a pas à se méfier d'elle. Farèyne, avant sa mort, l'avait compris aussi, ce qui provoquera malheureusement son décès.

ÉTUDE DES PERSONNAGES

LES CINQ LECTRICES

Les lectrices invitées par Servane Astine et Pierre-Yves François sont au nombre de cinq : Clémence « Clem » Novelle, Martine Van Ghal, Farèyne Mörssen, Marie-Ambre Lantana et Eloïse Longo. Dans la mesure où chacune est responsable de l'écriture d'une partie du roman, elles peuvent être considérées comme les cinq personnages principaux :

- Clem est une jeune Parisienne d'une trentaine d'années qui travaille dans un call-center, mais rêve d'être écrivaine. Brune aux cheveux courts, elle a une allure de garçon manqué. Grande admiratrice de PYF, elle imagine qu'il va reconnaitre son génie, mais déchante vite. Elle pense avoir le mana du talent, mais a en réalité celui de la mort. Au premier abord sympathique et énergique, elle apprécie beaucoup Maïma et Martine, mais est plus méfiante envers les autres. Son parcours la révèle néanmoins manipulatrice, ingénieuse dans l'improvisation de ses mises en scène meurtrières. Elle finit par contre par être dépassée par les évènements, comme le révèlent ses multiples empreintes dans la chambre de Martine et la photo de la vieille dame qu'elle a conservée sans pouvoir l'utiliser.

- Martine est une vieille dame venue de Belgique, où elle tient un blog très suivi. Elle a été fiancée à un étudiant en droit dans sa jeunesse et possède dix chats pour lesquels elle écrit tous les jours un petit message sur son blog. Alors qu'elle était fiancée, elle a eu une courte liaison avec un jeune marquisien en escale en Belgique, qui lui a offert une perle noire top gemme qu'elle porte autour du cou. Cet homme se révèle être Pito, le jardinier de la pension, qui ne découvre la présence de Martine sur l'ile qu'au moment où Tanaé l'appelle pour porter son cadavre. Le soir de sa mort, Martine découvre que le tiki de la gentillesse, sculpté par Pito, copie ses traits. Elle est témoin peu après du meurtre de PYF, ce qui lui vaudra d'être assassinée à son tour plus tard dans la nuit.

- Farèyne est commandante de police à Paris. Fine, sèche avec un carré de cheveux foncés strict, elle est sévère et pas très agréable. Elle est toujours concentrée, obsédée par l'idée de retrouver Métani Kouaki et clore une affaire dont elle ne s'est jamais remise. Elle en a même fait un ouvrage dont PYF, à qui elle l'avait envoyé, a retravaillé le style pour le publier à son nom. L'ayant découvert, Farèyne a forcé PYF à l'inviter aux Marquises. Ses relations avec Yann se sont détériorées à un point où le couple ne partage plus rien et elle rêve de recommencer à zéro. Son obstination à retrouver Kouaki va lui couter la vie. Servane Astine édite par la suite le roman de Farèyne au seul nom de cette dernière et signe ainsi la fin de la très longue quête de la policière.

- Marie-Ambre est une blonde sophistiquée, toujours apprêtée, qui semble perpétuellement prendre les autres de haut et aime se faire appeler Amber. Elle est

la seconde femme du père de Maïma. Malgré les apparences, Marie-Ambre n'a pas un sou. Alors qu'elle est
censée être la femme d'un homme ayant percé dans la
culture de perles noires top gemme, le père de Maïma
n'a en réalité été riche que quelques jours, lorsqu'il
a volé la production d'une ferme perlière. Il a depuis
été arrêté et emprisonné. Marie-Ambre ne se pare
donc que de contrefaçons et n'a pas les moyens de
financer l'atelier, contrairement à ce qu'elle a prétendu
à Servane Astine. Elle est aussi la maitresse de PYF,
qu'elle admire beaucoup. Contrairement à ce qu'elle
laisse paraitre, elle tient énormément à Maïma, même
si elle rêve d'avoir un enfant biologique.

- Eloïse est une jeune femme discrète, portant toujours une fleur dans les cheveux, et la seule à avoir
un vrai talent. Elle suscite vite l'intérêt de Yann, à
qui elle confesse ses sentiments en fin de roman.
Apparemment solitaire, elle est en réalité mère de
deux enfants, Nathan et Lola. Mais poussée par son
rêve littéraire, elle a abandonné sa famille et son
ex-compagnon refuse désormais de la laisser voir
les enfants. Comme Clem, elle a soumis à PYF un
manuscrit et pour la seule fois de sa vie, l'écrivain a
reconnu en elle un grand talent et a envoyé un PDF
à Servane Astine. Son roman sera publié en même
temps que celui de Farèyne et la « bouteille à l'océan ».

MAÏMA

Maïma est une adolescente de 16 ans qui a grandi à
Hiva Oa. Marquisienne d'origine, elle en tient sa peau

biscuit et ses longs cheveux noirs. Son père a quitté sa mère pour Marie-Ambre quand elle avait huit ans et l'a emmenée dans ses divers voyages à Tahiti ou Bora-Bora. Mais en 2017, trop pressé de faire fortune, il a volé la production d'une ferme perlière, s'est fait prendre et purge depuis une peine de neuf ans de prison à Nuutania, à Tahiti. Joyeuse, espiègle et volontaire, Maïma est appréciée de tous et préfère dissimuler sa situation familiale, y compris à Yann avec qui elle passe beaucoup de temps et qu'elle surnomme « mon capitaine ». Elle connait les traditions marquisiennes, comme en atteste son savoir sur les tikis et les noms donnés aux lieux et aux gens. Elle considère par ailleurs que l'on peut avoir plusieurs familles et considère Marie-Ambre comme sa mère à part entière.

Sixième narratrice du roman via son journal intime, Maïma observe beaucoup, notamment quand l'enquête commence. Elle se fait cependant très – trop – vite ses propres idées, notamment pour Clem qu'elle imagine innocente d'emblée, ce qui l'empêche de voir sa culpabilité. Son caractère de tête brulée s'observe à plusieurs reprises quand elle désobéit aux ordres des adultes au risque de mettre sa propre vie en danger. Ébranlée par la mort de Marie-Ambre, elle trouve néanmoins le courage de retourner à la pension, craignant pour la vie de Yann après avoir découvert la mort de Kouaki. Elle accepte finalement de livrer son journal à Servane Astine pour nourrir le futur livre *Au soleil redouté*.

YANN MOREAU

Capitaine de gendarmerie en Normandie – la seule référence faite par Bussi à sa région natale dans ce roman –,
Yann est breton d'origine et a une quarantaine d'années.
Marié à Farèyne depuis longtemps, il a vu son couple
s'étioler au fil des ans et admet ne plus aimer sa femme
même s'il tient encore à elle. Sur l'ile, il est attiré par
Eloïse, mais n'ose pas vraiment se l'avouer. Comme il
ne participe pas à l'atelier, il passe la majeure partie du
temps avec Maïma.

Bien qu'il soit inférieur en grade à Farèyne et ne s'occupe
que de petites affaires dans sa campagne, il est efficace
et a une très bonne intuition. Il soupçonne vite Clem,
même s'il n'a pas de preuve directe et voit des indices
l'orienter dans d'autres directions. Yann est aussi doué
pour travailler avec les moyens du bord en l'absence de
la police et se révèle capable de fabriquer son propre
kit pour relever des empreintes. Même s'il laisse Maïma
l'assister, il craint souvent pour sa sécurité et tente tant
bien que mal de l'écarter quand il le juge nécessaire. Il ne
respecte cependant pas ses propres consignes et se retrouve à enquêter seul, ce qui le met à la merci de Clem à
la fin du roman. Il est sauvé par l'intervention de la police
qu'il a pris la précaution de prévenir, et semble ensuite
prendre un nouveau départ avec Eloïse après avoir pré-
venu la famille des victimes de Kouaki de la résolution de
l'affaire.

TANAÉ

Tanaé est l'hôtesse de la pension Au soleil redouté. Elle est veuve et mère de deux filles adolescentes, Poe et Moana. Originaire d'Hiva Oa, elle quitte son ile le temps de faire une école hôtelière à Paris. Elle rencontre alors Métani Kouaki, celui qui lui fera son tatouage – Enata, Tanaé à l'envers – qui sera aussi celui des victimes et des galets. Réalisant le côté démoniaque de Kouaki, elle s'installe ailleurs pour finir sa formation et retourne ensuite sur Hiva Oa. Elle épouse Tamatui, qui travaille dans une usine et meurt d'une maladie contractée à cause de son emploi alors que la pension est à peine ouverte. Devant le harcèlement de Kouaki, qui revient sur l'ile après sa libération et cherche à renouer, elle angoisse à l'idée qu'il s'en prenne à ses filles un jour et décide de l'éliminer elle-même. Pragmatique, excellente hôtesse et cuisinière, elle ne s'emporte que très peu et se soucie du bienêtre de Maïma jusqu'à l'enlever pour l'éloigner de la coupable. Elle est très attachée aux traditions marquisiennes et à la tranquillité des morts et déplore qu'elles se soient tant perdues au fil du temps.

CLÉS DE LECTURE

LES FIGURES DE PAUL GAUGUIN ET JACQUES BREL

Né à Paris en 1848, Paul Gauguin découvre l'art pictural avec une exposition de Camille Pissarro (peintre franco-danois, 1830-1903). Il exerce alors le métier de courtier en bourse, mais le quitte en 1884 pour se consacrer à la peinture. Il doit rapidement trouver un travail fixe, ne pouvant subvenir aux besoins de sa femme et de leurs cinq enfants. En 1887, alors qu'il part travailler sur le canal de Panama, il découvre la Martinique lors d'une escale. Tombé sous le charme de ces décors insulaires, il peint de nombreuses toiles et ne rentre en métropole que pour cause de maladie. Il s'essaie alors au synthétisme, puis travaille aux côtés de Vincent Van Gogh (peintre néerlandais, 1853-1890). Mais la collaboration se passe de plus en plus mal et se termine avec le célèbre épisode de l'oreille coupée.

> **Le saviez-vous ?**
>
> Le 23 décembre 1888, à la suite d'une dispute avec Gauguin, Van Gogh est retrouvé l'oreille droite tranchée et est hospitalisé. La thèse habituellement soutenue est qu'il se l'est coupé lui-même dans un accès de folie. Les routes des deux peintres se séparent ensuite, mais ils restent en contact.

En 1891, Gauguin est ruiné et décide de fuir les vicissitudes de la civilisation occidentale en s'installant à Tahiti puis à Hiva Oa en 1901. Il réalise alors ses meilleures peintures, dont *D'où venons-nous ? Que sommes-nous ? Où allons-nous ?*, entre 1897 et 1898. Il tente bien de lutter pour les droits des indigènes et contre l'administration – Yann l'évoque en parlant du peintre à Maïma –, mais laissera une mauvaise image aux Marquisiens en raison de ses nombreux démêlés avec les autorités et ses provocations. En témoigne la Maison du Jouir, l'habitation du peintre, dont une reproduction peut être visitée par les touristes. On lui reproche aussi ses relations avec de très jeunes adolescentes polynésiennes, dont l'une d'elles lui donne un sixième enfant. De plus en plus affecté par une vieille blessure à la jambe et par la syphilis, Gauguin meurt misérablement en 1903 et une partie de ses œuvres réalisées sur place sont soit détruites, soit vendues à bas prix. Il est enterré au cimetière d'Atuona, près du musée qui lui est aujourd'hui dédié et de la pension fictive du roman.

75 ans plus tard le rejoint une autre grande figure artistique francophone, le chanteur Jacques Brel. En 1967, après une carrière jalonnée de nombreux classiques de la chanson, le Belge cesse toute activité sur scène. Il continue à produire de la musique et s'illustre au cinéma puis, après un ultime échec, s'achète un ketch et voyage dans les iles avec sa fille et sa compagne Maddly Bamy (actrice française, née en 1943). Mais fin 1974, après un arrêt pour cause de violente douleur à la poitrine, on lui diagnostique un cancer du poumon. Malgré une ablation d'une partie du poumon gauche, Brel continue ses trajets

et s'arrête épuisé aux Marquises où il se sent bien, car personne ne l'y connait. Il s'installe sur les hauteurs d'Atuona à Hiva Oa, revend son ketch et, contrairement à Gauguin, noue de solides relations avec la population locale. Désormais possesseur d'un avion bimoteur, il fait régulièrement le trajet entre Hiva Oa et Tahiti – soit environ cinq heures de voyage – et transporte toujours des passagers, des blessés ou malades, des lettres, colis et autres médicaments. Sa popularité va donc grandissant en raison des bienfaits qu'il apporte à la communauté.

Cependant, loin d'avoir disparu, le cancer de Brel revient le hanter et lui vaut un retour en métropole en 1978 pour se faire soigner. Traité à l'hôpital Avicenne de Bobigny, il y décède d'une embolie pulmonaire massive à l'âge de 49 ans. Il est ensuite rapatrié à Hiva Oa et enterré au cimetière d'Atuona. Avant ça, un an avant son décès, il enregistre son ultime album studio *Les Marquises*, signe de l'attachement intense qui le lie désormais à l'ile et ses habitants. Sa tombe est encore visitée et fleurie régulièrement aujourd'hui, un espace culturel porte son nom et l'aérodrome local a été rebaptisé « aérodrome Jacques Brel » à l'occasion du 30e anniversaire de sa mort en 2008. Dans le roman, les mentions de Brel sont régulières, notamment parce que Martine est une fan inconditionnelle du chanteur, et les paroles citées de temps en temps – la liste des références étant présente en tête d'ouvrage. Le titre du roman – et nom de la pension – provient quant à lui des premiers vers de l'ultime chanson de l'ultime album : « Les femmes sont lascives / Au soleil redouté / Et s'il n'y a pas d'hiver / Cela n'est pas l'été ».

LES TRADITIONS MARQUISIENNES

Ce que l'on sait aujourd'hui de l'art marquisien doit beaucoup à Karl von den Steinen (1855-1929). Cet Allemand, à la fois médecin, philologue, ethnologue et explorateur, a d'abord fait de nombreux voyages dans le monde avant d'être envoyé aux Marquises par le Musée de Berlin en 1897. Il n'est là que pour six mois, mais se passionne immédiatement pour la culture des lieux. La population marquisienne est alors réduite à peau de chagrin, influencée par un siècle de contacts avec les Européens, et ne se compte plus qu'en deux à trois milliers d'individus. Beaucoup d'objets traditionnels ont également été perdus. Face à ce constat, von den Steinen se lance dans une quête qui durera plus de 25 ans : consigner jusqu'au plus petit témoignage qui reste encore de la culture des lieux. Rien ne lui échappe, entre objets courants et de culture, langue, savoirs, anciennes légendes et surtout l'art des tatouages. Ceux-ci sont une marque d'identité, expriment le mana hérité des ancêtres et dérivent du mot « tapu ». L'explorateur en découvre sur le corps des anciens, sur des objets, et note absolument tout. Le roman explique que grâce à lui, une grande partie des motifs traditionnels a pu être sauvée. En effet, une fois rentré en Allemagne, von den Steinen persiste à répertorier tout l'art marquisien ramené en Occident, notamment dans les musées. Son travail colossal aboutit entre 1925 et 1928 à la publication des trois tomes des *Marquisiens et leur art* (*Le tatouage*, *Plastique* et *Les collections*).

Manuarii, un tatoueur soupçonné par Farèyne en raison d'une des armes utilisées par Clem – des aiguilles de dermographie –, lui explique que la coexistence avec les Européens les a amenés à s'interdire toute pratique de leur culture, jusqu'à celle des tatouages, entre 1860 et 1970. Mais la redécouverte du texte de von den Steinen a relancé la mode des tatouages, quoique Manuarii déplore qu'ils soient devenus un argument de mode et aient ainsi perdu de leur caractère traditionnel. Reste que le tatouage seul n'a pour les Marquisiens aucune signification concrète. Il ne prend de sens qu'associé à d'autres, à la manière de certains idéogrammes. L'Enata évoqué dans le roman en est un exemple : ce n'est qu'une lettre en soi, et c'est lorsqu'il est dessiné à l'envers, comme sur l'épaule de Tanaé ou sur les galets, qu'il signifie « l'ennemi ». Mais le tatoueur n'en dira pas plus : il est en effet au courant de ce qui est arrivé à Métani Kouaki et préfère se taire que trop en dire.

En dehors des tatouages, la culture des Marquises se manifeste à travers plusieurs mots revenant régulièrement : popa'a (« étranger »), me'ae (des sanctuaires religieux en plein air), fa'amu (les pratiques d'adoption et confiage d'enfants), etc. Le mana est quant à lui une sorte de force intérieure, un talent, hérité des ancêtres et qui se manifeste par un don que les gens ressentent et développent. Selon Tanaé, il est impossible de l'acquérir par soi-même, y compris avec tout le travail du monde. Il faut au contraire le ressentir, se laisser influencer par les générations qui ont précédé. PYF dira en plaisantant que Tanaé possède le mana de la cuisine, quoique ce n'est qu'à moitié vrai, puisqu'elle a acquis une partie de ses connaissances en école hôtelière.

Après ces explications du roman, le mana est surtout évoqué en lien avec une attraction majeure de l'ile : les tikis. Il s'agit d'une représentation sculptée d'un humain ou de sa tête, généralement un homme, en référence à « Tiki » qui serait l'ancêtre de l'homme. Les statues moai de l'Ile de Pâques en font partie. Il y en a un grand nombre dans les Marquises. Cependant, selon les protagonistes, il y en a cinq qui ne sont présents que depuis deux mois : le tiki aux fleurs – dit aussi « de la gentillesse » –, le tiki de l'intelligence, le tiki aux bijoux, le tiki du talent et le tiki de la mort. Ils ont en fait été sculptés par le jardinier Pito sur demande de PYF, qui avait avant tout le monde cerné la personnalité de chacune des lectrices. S'il est en effet rapidement acquis que les trois premiers représentent respectivement Martine, dont les traits ont servi de modèle, puis Farèyne et Marie-Ambre, l'attribution des deux derniers est rapidement trouble. Qui de Clem et Eloïse a le talent, et laquelle a la mort ? Petit à petit, le roman apporte des réponses à cette question : d'abord en stipulant qu'une seule des candidates a vraiment été choisie, puis en expliquant les motivations de Clem. Cette dernière découvre en tuant que son mana est celui de la mort, qu'elle est faite pour ça et douée pour dissimuler ses traces, à quelques erreurs près. Le talent d'Eloïse, quant à lui, est confirmé par l'annonce de la publication de son roman en fin d'œuvre, mais n'a éclos qu'avec le sacrifice de sa vie de famille.

LE REBONDISSEMENT FINAL : LA STRUCTURE NARRATIVE

Lors du deuxième exercice, PYF demande aux lectrices de prendre note de tout ce qu'elles voient, entendent et ressentent. C'est dès ce moment-là que, sans qu'il le sache, le piège narratif se referme sur le lecteur. Le récit vient de commencer avec une partie clairement écrite de la main de Clem, et tout ensuite est fait pour que le lecteur pense qu'elle est responsable du reste de « Ma bouteille à l'océan ». Ce n'est qu'à la découverte de Maïma à la fin du roman que l'ordre suivant est établi :

- La première partie, jusqu'à la découverte des vêtements de PYF, est bien le fait de Clem ;

- La seconde partie, jusqu'au soir du meurtre de PYF, est écrite par Martine ;

- La troisième partie, jusqu'à la découverte du corps de PYF, est de Farèyne ;

- La quatrième partie, jusqu'à la fuite vers le me'ae en hauteur, est écrite par Marie-Ambre ;

- La dernière partie, à partir du moment où les survivants entendent le coup de feu tuant Marie-Ambre, est le fruit du travail d'Eloïse.

Ce rebondissement pousse le lecteur à revenir en arrière et à réaliser qu'au final, de nombreux indices pouvaient l'aiguiller dans la bonne direction. Pour commencer, chaque partie commence en fait par le testament littéraire de son auteure : le titre « Récit de [nom] » renvoie donc en réalité à toute la partie concernée. Ensuite, on peut s'intéresser à la consigne complète de l'initiateur de l'atelier, qui dit que « ensemble, tous ensemble, nous lui [à l'éditrice] produirons le plus inattendu des romans » (p. 34). Sur le moment, cette phrase passe comme citée par emphase, mais elle illustre en fait la plus stricte vérité. Il y a enfin une myriade de petits éléments qui semblent quelque peu incohérents pour Clem, mais qui sont en réalité parfaitement sensés quand ils sont reliés à leur véritable possesseur. Qui en effet à part Martine peut reconnaitre ses traits de jeunesse dans le tiki de la gentillesse ? Qui en dehors de Farèyne peut poser des questions sur Métani Kouaki et être la cible des avances de Yann, encore trop attaché à sa femme pour même approcher Eloïse ? Qui d'autre que Marie-Ambre peut avouer être la maitresse de Pierre-Yves François ?

Malgré ces multiples indices, la vérité est difficile à cerner puisque Michel Bussi s'est employé à préserver les apparences un maximum. En dehors de la partie 1, puisqu'il n'y a encore eu ni disparition ni crime, chaque narratrice insiste sur le fait qu'elle est innocente, un discours qui se répète et tend à faire croire qu'il s'agit d'une unique personne qui tente de se dédouaner. Maïma semble également proche de chacune des auteures, même si sa méfiance va bien sûr grandissant au fur et à mesure de l'intrigue, alors que le début semble insinuer qu'elle n'a cette proximité qu'avec Clem. Cette dernière n'est jamais désignée de manière extérieure à la narratrice du moment. De plus, une partie de son plan consiste à laisser ses victimes écrire leur « bouteille à l'océan » jusqu'à la dernière minute – elle attend même que Marie-Ambre range son manuscrit dans son sac, après avoir écrit ses impressions, alors qu'elles viennent de découvrir le corps de Farèyne – avant de les tuer. La mise en abyme est poussée à l'extrême, puisque la structure narrative ainsi dévoilée correspond à cent pour cent au projet de PYF qui est assemblé et édité par Servane Astine à l'issue du roman.

PISTES DE RÉFLEXION

QUELQUES QUESTIONS POUR APPROFONDIR SA RÉFLEXION...

- Comment la structure du roman intègre-t-elle la stratégie de Michel Bussi pour prendre le lecteur au piège de sa narration ?

- En quoi les caractéristiques des tikis de Pito permettent-elles de présager des caractères de chacune des cinq lectrices ?

- Clem explique dans sa partie que Maïma lui montre tous les tikis, sauf celui de la gentillesse par manque de temps. Quels indices dans ce chapitre tendent déjà à désigner le tiki auquel Clem est rattachée ?

- Les traditions marquisiennes sont très présentes dans le roman et en particulier un symbole, l'Enata. Retracez les étapes de son importance dans le développement de l'intrigue – et des fausses pistes.

- Le roman aborde deux enquêtes : celle pour débusquer le meurtrier d'Hiva Oa, et celle de Farèyne pour retrouver la trace de Métani Kouaki. En quoi la seconde vient-elle s'entremêler avec la première ?

- Yann acquiert très vite la certitude que Clem est coupable. Malgré la preuve que constituent ses empreintes dans la chambre de Martine, il ne prévient la police que le lendemain, quand il apprend qu'elle est allée au cimetière. Pour quelle(s) raison(s) en arrive-t-il là ?

- Le personnage de Tanaé, qui semble secondaire, cache en fait un grand secret. Quel est-il et quelle influence a-t-il sur la résolution du roman ?

- Le chanteur Jacques Brel est régulièrement cité, notamment quand ses morceaux sont diffusés à la pension. De quelles façons son ombre plane-t-elle sur l'ensemble du roman ?

- La narration omet volontairement des éléments qui, du point de vue de Yann ou Maïma, pourraient trahir le secret du manuscrit *Au soleil redouté*. Illustrez cette idée avec des exemples.

POUR ALLER PLUS LOIN

ÉDITION DE RÉFÉRENCE

- Bussi M., *Au soleil redouté*, Paris, Éditions de Noyelles, 2020.

SOURCES COMPLÉMENTAIRES

- Brel J., *Les Marquises*, Bruxelles, Éditions Jacques Brel, 1977.

- Heilanie, *1897 : Von den Steinen, « trop tard » aux Marquises*, in *www.voyagence.com*, consulté le 7/11/2021. URL : https://www.voyagence.com/1897 -von- den-steinen-trop-tard-aux-marquises/

Votre avis nous intéresse !
Laissez un commentaire sur le site de votre librairie en ligne
et partagez vos coups de cœur sur les réseaux sociaux !

lePetitLittéraire.fr

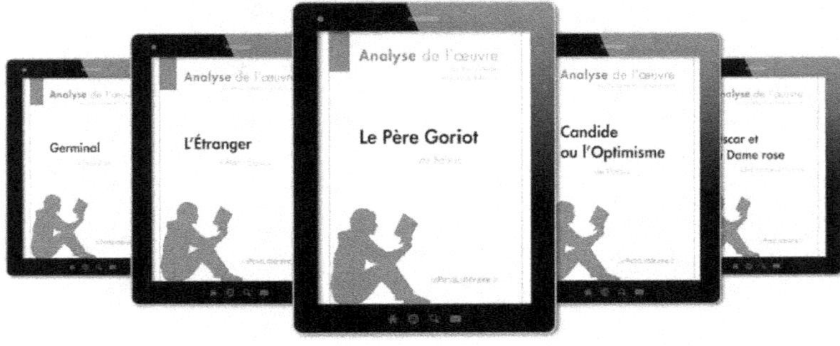

- un résumé complet de l'intrigue ;
- une étude des personnages principaux ;
- une analyse des thématiques principales ;
- une dizaine de pistes de réflexion.

Retrouvez
notre offre complète sur
lePetitLittéraire.fr

L'éditeur veille à la fiabilité des informations publiées,
 lesquelles ne pourraient toutefois engager sa responsabilité.

© **LePetitLittéraire.fr, 2021. Tous droits réservés**

www.lepetitlitteraire.fr

ISBN version numérique : 9782808025935
ISBN version papier : 9782808025942
Dépôt légal : D/2021/12603/137

Conception numérique : Primento,
le partenaire numérique des éditeurs.

www.ingramcontent.com/pod-product-compliance
Lightning Source LLC
La Vergne TN
LVHW010844200726
843508LV00012B/2748